AF454998

1901 Février 11

ESTAMPES

des Écoles Française et Anglaise

du

XVIIIe SIÈCLE

Imprimées en noir et en couleurs

Dont la vente aura lieu à Paris

HOTEL DROUOT, Salle N° 8

Le Lundi 11 Mars 1901, à 2 heures

Mᵉ MAURICE DELESTRE
COMMISSAIRE-PRISEUR
5, Rue St-Georges

M. LOYS DELTEIL
ARTISTE-GRAVEUR, EXPERT
67, Rue Ste-Anne

IMP. FLOURY ET MARTY
1, BOULEVARD DES CAPUCINES, PARIS

ESTAMPES

des Écoles Française et Anglaise

du

XVIIIe SIÈCLE

Imprimées en noir et en couleurs

Dont la vente aura lieu à Paris

HOTEL DROUOT, Salle N° 8

Le Lundi 11 ~~Mars~~ février 1901, à 2 heures

Me MAURICE DELESTRE
COMMISSAIRE-PRISEUR
5, Rue St-Georges

M. LOYS DELTEIL
ARTISTE-GRAVEUR, EXPERT
67, Rue Ste-Anne

CONDITIONS DE LA VENTE

Elle sera faite au comptant.

Les acquéreurs paieront *dix pour cent* en sus des adjudications.

M. Loys Delteil, remplira les commissions que voudront bien lui confier les personnes ne pouvant y assister.

MM. les amateurs pourront visiter la collection *67, Rue Sainte-Anne, du Mercredi 6 au Samedi 9 Février, de 10 h. à 4 heures.*

Explication des Abréviations

B. ép.	Belle épreuve
Tr. b. ép	Très belle épreuve
Sup. ép.	Superbe épreuve.
M. ou *m.*	Marge.
Gr. m.	Grande marge.
T^{e} m.	Toute marge.
S. m.	Sans marge.
av^{t}. l. l.	avant la lettre.
av^{t}. le n^{o}	avant le numéro.
color.	colorié.

DÉSIGNATION

ESTAMPES

Alix (P. M.)

1. — Napoléon Ier, en costume impérial, d'apr. Garnerey. In-fol. B. ép. m.

Almanachs

2. — Almanach illustré de l'Epoque romantique, en deux feuilles. Tr. b. ép. avant t. l. Rare.

3. — Almanach pour l'année 1835, surmonté de sujets d'après N. Lancret, en 2 feuilles. Tr. b. ép.

Amérique (Estampes relatives à l')

4. — Bataille de Bunker-Hill, par C. Nordheim. Gr. in-fol. Tr. b. ép., l'adresse de l'éditeur grattée.

5. — *New Orléans, from St-Patricks Church*, 1852, panorama gr. in-fol. par B. F. Smith. Tr. b. ép., coloriée. Rare.

6. — Franklin (B.). — Hopkins. — Gal Arnold. — Putnam. — Lee (Ch.). — Rogers (R.). Six p. in-8, anonymes, en cahier. B. ép.

7. — Vues. — Scènes d'Histoire. — Portraits, etc. Environ mille pièces anciennes et modernes.

Anonymes

8. — Marie-Antoinette. Trois p. in-8. B. ép.

9. — Le Comte d'Aure, écuyer de Charles X. In-fol. Tr. b. ép. avant t. l. à gr. m.

Anselin (J. L.)

10. — Le Siège de Calais, d'après Berthélemy. Gr. in-fol. Sup. ép. av[t] la l. à t. m.

Ardell (J. Mac.)

11. — L'Enfant à la Toupie, d'apr. P. Mercier. In-fol. Tr. b. ép. m.

Auvray (Elie)

12. — Caroline de Lichtfield, 1788. Pièce ronde in-fol. Tr. b. ép. imp. en couleurs, m.

Barnard (W.)

13. — Enfant tricotant, d'après R. K. Porter, 1800. In-fol. Tr. b. ép. Rare.

Bartolozzi (F.)

14. — *The three favorite aerial travellers, Vincent Lunardi,* 1785, d'apr. Rigaud. In-fol. Tr. b. ép. imp. en bistre, m. Rare.

15. — *The Judgment of Britannia.* Allégorie en l'honneur de Warren Hastings, d'apr. H. Richter, 1795. In-fol. B. ép. gr. m.

16. — *The Power of Love. — The Power of Beauty.* Deux p. in-4° ovales, d'apr. G. B. Cipriani, 1783. B. ép. imp. en sanguine, m.

Basan (F.)

17. — Le Cordonnier hollandais, d'apr. A. Schouman. In-fol. Tr. b. ép. à t. m.

Basset (à Paris chez)

18. — *Exécution de Louis Capet XVIme du nom.....* In-fol. Tr. b. ép. coloriée, à t. m. *T*rès-rare.

19. — La République aux Mânes de Chalier et Barra. — La Victoire aux Mânes de Pelletier et Marat. Deux p. in-4° ovales, faisant pendants. Tr. b. ép. col., gr. m.

Baudouin (d'après P. A.)

20. — Le Chemin de la Fortune, par Voyez l'aîné (E. B. 14). In-fol. Tr. b. ép. m.

21. — L'Epouse indiscrète, par N. De Launay (E. B. 21). Tr. b. ép. à gr. m.

22. — *Jusques dans la moindre chose,* par L. J. Masquelier (E. B. 27). B. ép. à gr. m.

23. — Le Modèle honnête, par Moreau le jeune et Simonet (E. B. 34). In-fol. B. ép., m.

Benwell (d'après J. H.) et Bunbury

24. — Jenny. — Laura. Deux p. ovales in-4°, faisant pendants, par Maucler. Tr. b. ép. imp. en couleurs, m. Rares.

Berghe (J.-J. vanden)

25. — *Arrivée de Napoléon Le Grand et son Auguste Epouse* à Anvers en 1803. Gr. in-fol., d'apr. Van Brée. Rare.

Bigg (d'après W. R.)

26. — Un jeune Matelot racontant son naufrage. — Le Retour du jeune Matelot. Deux p. in-fol., faisant pendants, par Duthé. Tr. b. ép. imp. en couleurs, m.

Boilly (L.)

27. — Grimaces. — Groupes de Physionomies. — La Petite Famille. — La bonne petite Sœur. — Les Fumeurs. — Le Mendiant. — La Chiffonnière. — Les Commissionnaires. — Le Tondeur de chiens. — La bonne aventure. Quarante-huit p. Tr. b. ép., coloriées, montées sur onglet, en 1 vol., demi-rel.

28. — L'Amant favorisé. — La Comparaison des petits Pieds. Deux p. in-4° ovales, anonymes, imp., en couleurs. B. ép. Très-rares.

29. — Prend ce Biscuit, par G. Vidal. In-fol. B. ép.

30. — Le Présent de Noce, par Bonnefoy. In-fol. Tr. b ép., m.

Bonnefoy

31. — *Iride.* — *Eco.* Deux p. in-fol. d'apr. G. Head. Tr b. ép. imp. en couleurs.

Bonnet (L. M.)

32. — Vénus aiguise ses traits, d'apr. F. Boucher. Ovale in-4°. B. ép. imp. en couleurs, m.

33. — Jeune Femme regardant des Colombes, d'apr. F. Boucher. In-fol. B. ép. imp. en 3 tons. Rare.

34. — Vénus couchée, d'apr. le même. In-fol. B. ép. imp. en 3 tons. Rare.

35. — La Laveuse, d'apr. F. Boucher. In-fol. B. ép., coloriée.

35bis. — La Tendre mère, d'apr. Lagrenée. In-fol. B. ép. imp. en 3 tons.

Boucher (d'après F.)

36. — Vénus et Amours, par Demarteau. In-4°. Tr. b. ép. imp. en sanguine, m.
(On y a joint un dessein à la sanguine, d'apr. Boucher.)

37. — Le Berger couronné, par Bonnet? In-4°. Tr. b. et rare ép. avt t. l. imp. en couleurs, m.

38. — La Bergère endormie, par Demarteau, (n° 111). In-4°. Tr. b. ép. imp. en sanguine, gr. m.

39. — Baigneuses et Triton, par Demarteau, (n° 53). In-fol. B. épr. imp. en sanguine, m.

40. — Vénus sur les eaux. — La petite Laveuse. — Les différents Génies de la Sculpture. Trois p. par Demarteau et Le Vasseur. B. ép., la 2me imp. en 3 tons.

41. — Le Réveil, par P. C. Levesque. In-fol. Tr. b. ép., m.

42. — *The Rural Charmer*, manière noire publiée par R. Sayer. In-fol. Sup. ép. à t. m. Rare.

43. — Les Saisons représentées par des Amours. Suite de quatre p. in-4° par? B. ép. imp. en couleurs, s. m.

44. — 1re et 2me vues de Charenton, par J.-P. Le Bas. Deux p. in-fol. B. ép. m.

44bis. — Pan et Syrinx. — Les Bacchantes. Deux p. in-4° au lavis, par Saint-Non. Tr. b. ép. imp. en bistre.

Bovi (Marino)

45. — *Louis XVI stopt in his Flight at Varennes*. In-fol. 1796. Tr. b. ép. imp. en bistre, m.

46. — D'Eon de Beaumont, 1779. In-fol. Tr. b. ép. à t. m.

Breton (à Paris chez Mme)

47. — Lady Catherine Poislet, tenant une colombe. Ovale in-4°. Tr. b. ép. imp. en couleurs, à gr. m. Rare.

Browne (John)

48. — Paysage, d'apr. P-.P. Rubens. Gr. in-fol. 1783. Tr. b. ép. avt l. l.

Bunbury (d'après H.)

49. — *Like à Worm it bud feedinher...* par Bartolonii. Ovale in-4. B. ép. imp. en couleurs, m.

Chapuy (J.-B.)

50. — Adieux d'Estelle et de Némorin, d'apr. Leroy. In-fol. Sup. ép. imp. en couleurs, à gr. m.

Chardin (d'après J.-B.-S.)

51. — Le Garçon cabaretier, par C.-N. Cochin (E. B. 22, 3e état). Tr. b. ép., m.

52. — La Blanchisseuse (6, 2e état). — Le Château de Cartes (11,). Deux p. par C.-N. Cochin et Lépicié, la 2e coloriée.

Chéreau (F.) et **Thomassin** (S.)

53. — Muguet (Fr.), imprimeur. — Pécour (L.), maître à danser. — Geoffroy (M. F.), pharmacien. — Lalande, musicien. — Thierry (J.). Six p. in-fol. Tr. b. ép., une avt t. l., m.

Cheveaux (d'après)

54. — Le Repos, par J.-B. Louvion. Petit in-fol. Tr. b. ép. imp. en couleurs.

Cipriani (d'après G.-B.)

55. — *Prudence and Beauty*, par A. Le Grand. Ovale in-4o. B. ép.

Clément (A.)

56. — *La France républicaine ouvrant son Sein à tous les Français*, d'apr. Boizot. Ovale in-4o. Tr. b. ép. imp. en couleurs, m.

Cochin fils (C.-N.)

56bis. — Bal masqué pour le Mariage du Dauphin, le 26 février 1745. Gr. in-fol. Tr. b. et ancienne épr. à gr. m.

Copia (L.) et **Bonnefoy**

57. — Mariage du Comte de Belemire. — Antiochus et Stratonice. Deux p. in-4o faisant pendants. Tr. b. ép. imp. en couleurs, à t. m.

Coqueret (P.-C.)

58. — Beurnonville, d'apr. Hilaire Le Dru. In-fol. Tr. b. ép.

Costumes

59. — Royal-Allemand. — Officier de Maréchaussée. — Hussard. Trois p. petit in-fol. par Hoffman. Tr. b. ép. coloriées, avec rehauts d'or et d'argent.

60. — *La Modeste Silvie, cœffée d'un turban grec.* — *La Capricieuse Suzette...* Deux p. in-fol., publ. chez Basset. Tr. b. ép. coloriées. Rares.

61. — L'Autrichien Sentimental. — L'Allemande à Deux ou le Hongrois à Paris. Deux p., d'apr. Finart, par Thiebaut et Blanchard. Tr. b. ép. coloriées.

62. — Le bon Genre : La Poule (pl. 43). — Carrick à cinq Pélerines (57). — Le vieux jeune Homme (77). — Une Parisienne à son Lever (81). Quatre p. b. ép. coloriées On y a joint une merveilleuse (pl. 4) d'apr. H. Vernet. En tout cinq p.

63. — Militaires anglais, par Debucourt. — La Promenade du matin. — Amusement du soir. — Costume parisien, An 8 à an 11, 12 pl. En tout quinze p. B. ép. coloriées.

64. — Costumes de Théâtre, la plupart de la suite de Martinet. Quatre-vingt-dix p., coloriées.

Côtes (d'après F.)

65. — *Carolina Matilda, Quen of Denmark*, par R. Brookshaw. In-fol., 1776. B. ép. Rare.

Courtin (d'après J.)

66. — *A son aimable contenance... — J'écouterais peut-être...* Deux p. in-4°, par F. de Poilly. Tr. b. ép. m.

Daullé (Jean)

67. — Gauffecourt, de Genève, d'apr. Nonotte (E. Del-23). — Gendron (A. Deshais), médecin, d'apr. H. Rigaud (24). Deux p. in-fol. Tr. b. ép. m.

Debucourt (P. L.)

68. — *Modes et manières du jour* (pl. 1, 2, 5, 9, 10, 13, 15, 17, 18, 21, 22, 23, 24, 25, 26, 30, 32, 34, 35, 37, 41, 43). Vingt-deux p. in-8°. Tr. b. ép., coloriées.

69. — Modes et manières du jour (pl. 22 et 41). Deux p. Tr. b. ép., coloriées.

Demarteau (G.)

70. — Satyre contemplant une Nymphe endormie, d'ap. Caresme. (n° 574). In-4. Tr. b. ép. imp. en plusieurs tons.

71. — Un Amour, d'apr. F. Boucher (n° 219). In-fol. Sup. ép. imp. en 3 tons.

72. — Femmes en buste, d'apr. le même (nos 149 et 151). Deux p. in-4°. B. ép. imp. en 3 tons.

Desrais (d'après)

73. — Marat (Jean-Paul), par la *Citoyenne* Montaland. Ovale in-4, sup. ép. imp. en couleurs, t. m.

73 bis. — Le même portrait. Sup. ép. imp. en trois tons.

74. — Chalier (Joseph), par la même artiste. Ovale in-4°. Sup. ép. imp. en couleurs, t. m.

75. — Viala (Agricole), par Pitou. — Barra (Joseph), par Beauvalet. Deux p. Ovale in-4°, faisant pendants. Sup. ép. imp. en couleurs, t. m.

Desrais et Beaurain (d'après)

76. — Probité. — Liberté. — *L'amour exprime le plaisir qu'on trouve à chérir la Patrie.* — *L'amour reçoit une couronne de la Patrie.* . Quatre p. Ovales in-4°, par Pitou, Mallet et Mercier. Tr. b. ép. imp. en sanguine, bleu, ou coloriées, gr. m.

Downman (d'après J.)

77. — *The Interview of Tom Jones and Sophia*, par P. Simon. In-fol. B. ép.

Dutailly (d'après)

78. — La promenade du matin, par Chaponnier. In-fol. Tr. b. ép, imp. en couleurs, gr. m.

Ecole Anglaise

79. — *Sylvia & her Fawn.* Pièce in-4° anonyme. Tr. b. ép. imp. en couleurs, m.

80. — Delia. Pièce in-4°, de forme ovale. B. ép. imp. en couleurs. Encadrée.

80 bis. — Scène de chasse. P. in-fol., s. marge, coloriée, gommée et remontée sur toile.

Ecoles Française et Anglaise

81. — The Daughters of Guercino, 1772. — Le Gascon

puni. — Vénus et Adonis. — Paysanne de la Maurianne. Quatre p. in-fol., d'ap. Schall, Monnet, Guerchin et Bunbury, par Laindor, Vidal, Dickinson et F. Bartolozzi. B. ép.

Eisen (Charles)

82. — Les Trois Grâces. — Fontaine. — Eau forte originale. Tr. b. ép. gr. m.

Eisen (d'après Ch.)

83. — Le Jour. — La Nuit. Deux p. in-fol., par Patas, faisant pendants. B. et très rares ép. imp. en bistre et en sanguine, à gr. m.

Ex-Libris

84. — La Rochefoucault (F. de). — Merlet. — Spycket (N.) Mérigny (Cte de). — Bourbon-Busset, 2 diff., etc. Quarante p. B. ép.

85.* — Ex-Libris anciens et modernes. Recueuil contenant trois cent quarante p.

85 bis. — Ex-Libris divers. Quatre-vingt-neuf p.

Fragonard (d'après H.)

86. — Les Baignets par N. De Launay. In-fol. Tr. b. et rare épreuve avant la dédicace, l'adresse du graveur, etc., avec m. Encadrée.

87. — Dites donc s'il vous plait, par N. de Launay. In-fol. Tr. b. et rare épreuve avant la dédicace, la marge du bas rapportée. Encadrée.

88. — L'Enfant au Boule-dogue, par Denon. In-4° Tr. b. ép. gr. m. Rare.

89. — L'Enfant chéri, par G. Vidal. Gr. in-fol. Sup. ép. à t. m.

90. — Le Serment d'amour, par J. Mathieu. In-fol. B. ép.

91. — ... *Spirat adhuc Amor*, par le Cte de Paroy. In-4°. B. ép. imp. en bistre, m. Rare.

92. — Le Verrou, par *Noipmacel* (Le Campion). In-4. Tr. b. ép. Rare.

Freudeberg (d'après S.)

93. — La Toilette, par Voyez l'ainé. In-fol. B. ép. à gr. m.

94. — La Visite inattendue par Voyez l'ainé. In-fol. B. ép. à gr. m.

Gautier-Dagoty

95. — *Travaux de Minerve, Estampe Dédiée au Roy... d'après le dessin Allégorique à la Paix de 1783...* Grand in-fol. Tr. b. ép. m. Très rare.

96. — Graffigny (Mme de), d'apr. Garand. In-4°. Tr. b. ép. Rare.

Genty (à Paris chez)

97. — Les Apprêts de la Mariée. — La Bonne Mère. — La Promenade du matin. — Le Bouquet à maman, etc. Dix sept P. in-4° impr. en deux tons. Tr. b. ép. à t. m.

Gillot (d'après Claude)

98. — Les Passions. Suite de 4 p. in-fol. par Audran. Tr. b. ép. à t. m.

Haïd (J. J.)

99. — Les Sens. Suite de cinq p. in-fol. Tr. b. ép. s. m.

Henriquez. Macret, Schencker

100. — Louis XVI. — Marie-Antoinette. Trois p. B. épr.

Houston (Richard)

101. — *Sheperdess*, d'après H. P. In-fol. Epr. avec m.

Huet (d'après J. B.)

102. — La Déclaration. — L'Amant pressant. Deux p. in-4° par Aug. Legrand, faisant pendants. Tr. b. ép. imp. en couleurs, s. m.

103. — Le Déjeuner. — Le Souper. Deux p. par L. M. Bonnet. Sup. ép. imp. en couleurs, gr. m.

104. — La Bastille détruite ou la petite Victoire, par le même. In-4°. Tr. b. ép. imp. en couleurs, m.

105. — Départ pour le Siège de la Bastille, par le même. Tr. b. ép. imp. en couleurs, m.

106. — Les Echasses, par le même. Tr. b. ép. imp. en couleurs, m.

107. — Le Jeu du Ballon, par Auvray. Tr. b. ép. imp. en couleurs, m.

108. — Le Jeu du Cervolant, par Bonnet. Tr. b. ép. imp. en couleurs, m.

109. — Le Jeu de Tami, par le même. Tr. b. ép. imp. en couleurs, m.

110. — Le Petit cavalier, par le même. Tr. b. ép. imp. en couleurs, m.

111. — La Sœur donne les Étrennes à son Frère, par le même. Tr. b. ép. Imp. en couleurs, m.

112. — Le Tambour national, par le même Tr. b. ép. imp. en couleurs, m.

113. — L'Oiseau attrapé. — L'Oiseau échappé. Deux p. in-fol., anonymes, imp. en deux tons.

Isabey (d'après J. B.)

114. — Le Retour, par Mansold, In-8° de forme ronde. B. ép. imp. en couleurs, m.

115. — Wanda, Pauline et Emma Potoka, par Copia. Ovale in-fol. Tr. b. ép. imp. en bistre.

Janinet (J. F.)

116. — L'agréable négligé, d'apr. P. A. Baudoin. — L'Aimable paysanne, d'ap. St-Quentin. Deux p., in-4° faisant pendants. Tr. b. ép. imp. en couleurs.

117. — Le Repas des Moissonneurs, d'après P. A. Wille. In-fol. b. et très rare épr. *d'essai*, tirée en noir, s. m.

118. — Environs de Gênes, d'après Houël. In-fol. b. ép. imp. en bistre.

Jazet (J. P. M.)

119. — L'Heureuse Famille. — L'Utile et l'agréable. Deux p. in-4° faisant pendants. Tr. b. ép. imp. en couleurs, m.

120. — L'Hiver, d'après Martinet. In-fol. Tr. b. ép. imp. en couleurs, m.

120 bis. — L'Hiver. — L'Avalanche. Deux p., d'apr. Martinet et H. Lecomte, imp. en couleurs.

Joullain (François)

121. — Desportes (Fr.), en habit de chasse, d'apr. lui-même. 1733. In-fol. Tr. b. ép. m.

Jukes (F.)

122. — *A view looking up the river Thames to Richmond bridge*, 1795. In-fol. Tr. b. ép. coloriée, m.

Kauffmann (d'apr. Angelica)

123. — *Ludit Amabiliter*, par W. W. Ryland, 1779. Ovale in-fol. Tr. b. ép. imp. en sanguine, m. Encadrée.

124. — Maria, par W. W. Ryland, 1779. Ovale in-fol. Tr. b. ép. imp. en sanguine, m. Encadrée.

124 bis. — Le Génie de la Peinture? par Bartolozzi? P. ronde in-fol. b. ép. imp. en sanguine, s. m.

125. — Jumon. — Jeune femme assise. — *In Memory of Geneval Stanwix's... 1774*. Trois p. in-4 et in-fol. Tr. b. ép. la dernière imp. en sanguine.

La Fontaine (Estampes pour les Contes de)

126. — Le bat. — Le Contrat. — Le Quiproquo. — Le Poirier enchanté. — Le Villageois qui cherche son veau. Cinq p. par J. G. Caquet et J. H. Ramberg. Tr. b. ép. deux coloriées.

Kneller (d'après G.)

127. — Monnoyer (J. B.), Peintre de fleurs, par G. White. In fol. Tr. b. ép. m.

Lancret (d'après N.)

128. — Les Quatres Ages de la vie. Suite complète de quatre p. in-fol. par N. de Larmessin. b. ép. encadrées.

Lavreince (d'après Nicolas)

129. — La Balançoire mystérieuse. — Les Nymphes scrupuleuses (E. B. 9 et 42). Deux p. in-fol. par Vidal, faisant pendants. b. ép.

130. — Le Billet doux. — Qu'en dit l'Abbé? (E. B. 10 et 51). — Deux p. par N. De Launay, faisants pendants. Tr. b. ép. avec marges (légères épidermures). Encadrées. Cadre ancien.

131. — Les mêmes estampes. B. et anc. ép., s. m.

132. — L'Innocence en danger, par Caquet (E. B. 31). In-fol. b. ép.

133. — Les Offres séduisantes, par J. L. Delignon (E. b. 43). In-fol. b. ép.

Le Cœur

134. — Serment fédératif du 14 juillet 1790, d'après Swebach-Desfontaines. In-fol. Sup. et fort rare épreuve, en noir, avec le titre dans la marge inférieure, les noms des artistes et l'adresse du graveur, mais avant de nombreuses inscriptions ajoutées dans l'état définitif; elle a de grandes marges.

Le Grand (Aug.)

135. — *The Parachute.* — *The Little Florist.* Deux p. ovales in-8°. Tr. b. ép. imp. en bistre, m.

136. — Malice et Bonté. In-fol. Sup. ép. imp. en couleurs, m.

137. — Geneviève de Brabant vouée à la mort. Gr. in-fol. Sup. ép. av[t] l. l. à t. m.

Legrand (H.)

138. — *Le Coup de tonnere,* (Lady Hamilton). In-4°. Tr. b. ép., imp. en couleurs.

Le Mire (Noël)

139. — Plafond de la Salle de spectacle de Bordeaux. peint par J. Robin. Pièce gr. in-fol. de forme ronde. Tr. b. ép. à t. m.

Le Prince (d'après J.-B.)

140. — Le Bonheur du ménage, par N. de Launay. In-fol. Tr. b. ép. gr. m. Encadrée.

141. — L'Enfant chéri, par N. de Launay. In-fol. Tr. b. ép. gr. m. Encadrée.

142. — L'Enfant chéri. — L'Abus de la crédulité. Deux p. in-fol., la seconde, d'apr. E. Aubry. Tr. b. ép., s. m. Encadrées.

Lespinasse (d'après le Ch[r] de)

143. — Plan perspectif de l'Ecole royale militaire de Paris, par Née et Masquelier. In-fol. Tr. b. ép. à t. m.

Levachez

144. — Portrait équestre de Napoléon Ier, suivi de son Etat-major, d'apr. C. Vernet. Gr. in-fol. Tr. b. ép. av[t] t. l., m.

Manières-noires

145. — Louis, Dauphin de France. — Arlaud (J. A.). — Gantrel (Etienne), graveur. — Maupertuis. — Picart (B.), graveur. — Rugendas (G. P.). Six p. in-fol., par Sarrabat, Verkolie, Haïd et Tinney. Tr. b. ép.

Martinet (à Paris chez)

146. — *Une Matinée du Luxembourg, scène dessinée d'après nature par un habitué du Jardin.* In-fol. B. ép. coloriée.

Martini (P. A.)

147. — Exposition au Salon du Louvre en 1787. In-fol. Tr. b. ép. m.

Mongin (d'après)

148. — *Ah! ah! je vous y prends*, par Beljambe. Ovale in-4°. Tr. b. et rare ép. imp. en couleurs, m.

Monnier et Lami

149. — Voyage en Angleterre, Paris, 1830. Suite de vingt-sept pièces, avec couverture, en 1 vol., demi-rel. B. ép. coloriées, montées sur onglet, quatre p. remontées.

Moreau (Achille)

150. — Le Départ pour le marché. — Les Nouvelles du quartier. — Les Nouvelles politiques. Trois p. in-fol. Tr. b. ép. coloriées.

Moreau le jeune (J. M.)

151. — Phelipeaux de la Vrillière. — Pineau. — Rousseau (J.-J.) herborisant, 1er état. Trois p. Tr. b. ép.

152. — Le Lever, par L. Halbou. In-fol. B. ép. à gr. m.

153. — Le Seigneur chez son fermier, par Delignon, B. ép. gr. m.

153bis. — Le Pari gagné, par Camligue, B. ép. gr. m.

Morghen (Raphaël)

154. — Le Char de l'Aurore, d'apr. le Guide. Gr. in-fol. Tr. b. ép. à gr. m.

Morland (d'après G.)

155. — *Guinea Pigs*, par J.-P. Lévilly. In-fol., B. ép.

Myn (J. Vander)

156. — Jeune Femme à mi-corps, par J. Mac Ardell. In-fol. Sup. ép., m.

Née (D.) ?

157. — Trianon, le Temple de l'Amour. In-fol., Tr. b. et rare ép. avt t. l., m.

Nutter (W.)

158. — *Mrs Bryan and Children*, d'apr. S. Shelley, 1797. In-4°, tr. b. ép. imp. en bistre, gr. m.

Picard

159. — Vue de la Pendule allégorique donné au bailli de Suffren par le Cte d'Estaing à son arrivée aux Indes orientales, 1783. Gr. in-fol. Tr. b ép. Très-rare.

Pièces historiques

160. — Attentat contre Henri IV. — Supplice de Ravaillac. — Journée du 10 août 1792. — Naissance du duc de Berry, etc. Neuf p. in-4° et in-fol. b. ép. plusieurs rares.

Pigal

161. — Scènes de Société. Suite de cinquante deux p., incomplète des pl. 41, 42, 51 et 52.B. ép., coloriées, en 1 vol., dem-rel.

162. — Mœurs Parisiennes. (pl. 2, 3, 5, 10, 14, 16, 19, 21, 26, 34, 38, 39, 41, 44, 46, 47, 48, 54, 56, 61, 62, 63, 64, 66 et 71). En tout vingt-huit p., la plupart coloriées.

162 bis. — Scènes populaires (pl. 1, 4, 6, 7, 9 à 11, 13 à 15, 19, 20, 23, 24, 26, 27, 30, 33, 35, 42, 45 à 47, 49 et 50). Vingt-six p. — Scènes de Société pl. 1, 5, 7, 9, 11 à 14, 16, 19, 20, 30, 34, 37, 39, 46). Vingt p. En tout quarante-six p., la plupart coloriées.

Porporati

163. — Le Coucher, d'après J. Vanloo. In-fol. Tr. b. ép. av. t. l., m.

164. — *Prima mors, primi parentes*... d'apr. vander Werff. In-fol. Tr. b. ép.

Portraits

165. — Portraits du XVIIIe et XIXe siècles découpés et renfermés dans des ronds formant un ensemble décoratif. Gr. in-fol.

Queverdo (d'après F. M.)

166. — Le Sommeil interrompu, par Dambrun. In-fol. Tr. b. ép. à gr. m.

Read (d'aprés C.)

167. — Miss. Harriot Powell, par R. Houston. In-fol. Tr. b. ép.

Reynolds (d'après Sir Joshua)

168. — *The Vestal*, par P. W. Tomkins, 1798 In-fol. b. ép. à gr. m.

169. — Les Vertus chrétiennes. Suite de sept pièces in-fol., par G. S. et J. G. Facius, 1782. Sup. ép. à t. m.

Riollet (Mlle)

170. — Le Mauvais Riche, d'apr. D. Téniers. Gr. in-fol. Sup. ép. av. t. l, à t. m., signée.

Ruotte (L. C.)

171. — Lamballe (P^sse^ de), d'apr. Danloux. Ovale in-4°, b. ép.

Russell (d'après J.)

172. — *A Mothers Holiday*, par W. Nutter, 1802. In-fol. Tr. b. ép. m.

Saint-Aubin (d'après Aug. de)

173. — L'heureuse Mère, par Sergent et Gautier aîné. (E. B. 413). Tr. b. ép. imp. en couleurs, m.

Sayer (à Londres chez R.)

174. — *Miss Nancy Dawson*, en pied. In-fol. Tr. b. ép. à t. m. Rare.

Schall (d'après F.)

175. — La Lanterne Magique d'Amour. — Le Télégraphe d'Amour. Deux p. in-fol. par P.-M. Alix, faisant pendants. Sup. ép. imp. en couleurs, m.

176. — Geniève des Bois, C^sse^ de Brabant, par Aug. Le Grand. Grand in-fol. Sup. ép. imp. en couleurs, à t. m.

Schmidt (G.-F.)

177. — Mignard (Pierre), d'après H. Rigaud (Jacobi 59, 3me état). In-fol. Tr. b. ép. à gr. m.

Sicardi (d'après)

178. — *Oh! che boccone!*. par Th. Burcke? Ovale in-fol. B. et rare ép. imp. en couleurs, gr. m.

178bis. — La même pièce en même conditions.

179. — La même pièce, gravée par Th. Burke. Ovale in-fol. B. ép. imp. en bistre.

Singleton (d'après)

180. — *Gipsey's Stealing a Child — The Child Restaured*. Deux p. in-fol. gr. par F. Green, 1801, faisant pendants. Tr. b. ép. m.

Tanjé (Pierre)

181. — Famille d'Orange-Nassau, d'après A. Pesne. In-fol., 1760, B. ép. avt l. l.

Tardieu (J.)

182. — Oudry (J.-B.), d'après N. de Largillière. In-fol., b. ép. m.

Tischbein (d'après)

183. — L'Agréable désordre, par A.-F. David. In-fol. Tr. b. ép. avant t. l. à gr. m. Rare.

Vernet (d'après C.)

184. — Congé absolu, par Godefroy. In-fol., B. épr., m.

185. — L'Abreuvoir, par L. Marchand. In-fol. B. ép. à t. m.

186. — Chevaux (nos 17, 2e suite, et 29, 3e suite), par Levachez. In-fol. Deux p. B. ép. coloriées.

Vernet (d'après H.)

187. — Histoire de Louis XIV et de Mlle de La Vallière. Suite complète de huit p. par Levachez, Ruotte, Chaponnier, Legrand. Tr. b. ép. imp. en couleurs, gr. m. Rare à rencontrer complet.

Vinkeles (Renier)

188. — Bal à l'Hôtel-de-Ville d'Amsterdam, le 2 juin 1768. In-fol. Tr. b. ép. à gr. m.

Vues d'optique

189. — Vues de : Paris — Versailles — Lille — Rennes. Vues d'Allemagne, de Hollande, d'Italie, de Portugal et de Russie. Vingt-sept p. in-fol. Tr. b. ép. à gr. m. *Ce numéro sera divisé.*

Vues

190. — Vues d'Angleterre. Vingt-quatre p. in-fol. par Tinney, Boydell, Sandby, etc. plusieurs coloriées, b. ép.

Watteau (d'après Ant.)

191. — Rebel (J.-B.), maître de musique, par J. Moyreau. (E. de G. 16). In-fol., Tr. b. ép.

192. — Les quatre Saisons, par Audran, Moyreau, De Larmessin et Brillon (E. de G. 180-183). Suite complète de quatre p. in-fol., Tr. b. ép. m. Encadrées.

193. — Têtes de femmes et d'hommes. Neuf p. Tr. b. ép.

Wheatley (d'après F.)

194. — *The Departure from Brighton*, par J. Murphy, 1797. Gr. in-fol. B. ép. m.

Wolstenholme (d'après D.)

195. — *Hunting, the Death*, par Himely. In-fol. Tr. b. ép. coloriée, gr. m.

IMP. FLOURY ET MARTY
1, BOULEVARD DES CAPUCINES, PARIS

www.ingramcontent.com/pod-product-compliance
Ingram Content Group UK Ltd.
Pitfield, Milton Keynes, MK11 3LW, UK
UKHW021038260726
13994UKWH00005B/2221